父《おやじ》の漢詩《うた》

漢詩旅情

藤元春海

文芸社

貴　船　滝

夫 婦 滝

〔近江八景〕

三井の晩鐘

比良の暮雪

唐崎の夜雨

堅田の落雁

粟津の晴嵐

矢橋の帰帆

瀬田の夕照

石山の秋月

東大・安田講堂前

愛犬　楽希夷

父の漢詩　目次

父《おやじ》の漢詩《うた》

温習会　一

黒字発声不忍聞
赤字音程不堪聴
吾師朗吟説詩詞
温習而成一点星

温習会《おんしゅうかい》　一《はじめ》

黒字《くろじ》の発声《はっせい》　聞《き》くに忍《しの》びず
赤字《あかじ》の音程《おんてい》　聴《き》くに堪《た》えず
吾《わ》が師《し》は朗吟《ろうぎん》して　詩詞《しし》を説《と》く
温習《おんしゅう》して　一点《いってん》の星《ほし》にならん

七古平声青韻

温習会　感

伝者守節調
号者挑吟心
師君詠吟魂
坐聴感懐深

温習会《おんしゅうかい》　感《かん》

伝《でん》の者《もの》は　節調《せっちょう》を守《まも》らんとし
号《ごう》の者《もの》は　吟心《ぎんしん》に挑《いど》む
師君《しくん》は　吟魂《ぎんこん》を詠《えい》ず
坐《ざ》して聴《き》き　感懐《かんかい》深《ふか》し

五古平声侵韻

温習会　麗

近江有佳人
登台詠詩魂
其声似鶯声
忘務聴吟魂

温習会《おんしゅうかい》　麗《れい》

近江《おうみ》に　佳人《かじん》あり
台《だい》に登《のぼ》り　詩魂《しこん》を詠《えい》ず
其《そ》の声《こえ》は　鶯声《おうせい》に似《に》たり
務《つと》めを忘《わす》れて　吟魂《ぎんこん》を聴《き》く

五古平声元韻

温習会　初心

庭樹鶯声日日新
三年温習読詩人
吟心無限前途遠
高会清談一詠親

温習会《おんしゅうかい》　初心《しょしん》

庭樹《ていじゅ》の鶯声《おうせい》　日日《ひび》に新《あら》たなり
三年温習《さんねんおんしゅう》　読詩《どくし》の人《ひと》
吟心《ぎんしん》は無限《むげん》にして　前途《ぜんと》は遠《とお》く
高会清談《こうかいせいだん》して　一詠《いちえい》に親《した》しまん

七絶平声真韻仄起式

賀社団法人詩吟朗詠錦城会
石山支部創立十周年

近江石山淡海潯
此地心気爽学吟
向海詠漣抱吟輝
向山詠緑映吟心
看桜花吟花微笑
看菊花吟両相好
温習十年感慨新
復学節調学詩魂
君不聞行者常至
更期天下弘吟魂

社団法人《しゃだんほうじん》詩吟朗詠《しぎんろうえい》錦城会《きんじょうかい》
石山《いしやま》支部《しぶ》創立《そうりつ》十周年《じゅっしゅうねん》を賀《が》す

近江《おうみ》石山《いしやま》　淡海《たんかい》の潯《ほとり》
此《こ》の地《ち》にて心気《しんき》爽《さわ》やかに　吟《ぎん》を学《まな》ぶ
海《うみ》に向《む》かって詠《えい》ずれば　漣《さざなみ》吟《ぎん》を抱《いだ》いて輝《かがや》き
山《やま》に向《む》かって詠《えい》ずれば　緑《みどり》吟心《ぎんしん》に映《えい》ず
桜花《おうか》を看《み》て吟《ぎん》ずれば　花微笑《はなほほえ》み
菊花《きくか》を看《み》て吟《ぎん》ずれば　両相《ふたつなが》ら好《よ》し
温習十年《おんしゅうじゅうねん》　感慨《かんがい》新《あら》たに
復《ま》た　節調《せっちょう》を学《まな》び　詩魂《しこん》を学《まな》ばん
君《きみ》　聞《き》かずや　行《ゆ》く者《もの》は　常《つね》に至《いた》るを
更《さら》に期《き》せん　天下《てんか》に吟魂《ぎんこん》を弘《ひろ》むを

七古平声侵去声嘯号平声真元韻

喜

師君自東来
又自西南来
倶吟古人心
毎聴喜心開
吟声覆近江
吟心満淡海
老若忘帰聴
尽日無限喜

喜《よろこび》

師君《しくん》は　東《ひがし》より来《き》たり
又《ま》た　西南《にしみなみ》より来《き》たる
倶《とも》に　古人《こじん》の心《こころ》を吟《ぎん》じ
聴《き》く毎《ごと》に　喜心《きしん》　開《ひら》く
吟声《ぎんせい》は　近江《おうみ》を覆《おお》い
吟心《ぎんしん》は　淡海《たんかい》に満《み》つ
老若《ろうじゃく》　帰《かえ》るを忘《わす》れて聴《き》く
尽日《じんじつ》　無限《むげん》の喜《よろこ》びなり

五古平声灰上声賄紙韻

賀宇野宗佑先生
受勲一等旭日桐花大綬章

君出江州学
愛国五十年
器宇如大海
立野詠通玄
有徳選宰相
人言近江賢
為人更為国
去私務終全
国士受栄典

宇野宗佑先生勲一等《うのそうすけせんせいくんいっとう》
旭日桐花大綬章《きょくじつとうかだいじゅしょう》を受《う》くるを賀《が》す

君《きみ》は江州《ごうしゅう》を出《い》でて学《まな》び
国《くに》を愛《あい》すること五十年《ごじゅうねん》
器宇《きう》　大海《たいかい》の如《ごと》く
野《の》に立《た》ち詠《よ》む　玄《げん》に通《つう》ずることを
徳《とく》あり　選《えら》ばれて宰相《さいしょう》となる
人《ひと》は言《い》う　近江《おうみ》の賢《けん》なりと
人《ひと》のため　更《さら》に国《くに》のため
私《おのれ》をすて　務《つと》め終《つい》に全《まった》し
国士《こくし》　栄典《えいてん》を受《う》く

皆喜万花鮮
瑞鳥宿君家
吉兆及周辺
宗族歓不極
迎君祝賀筵
願自愛憶人
佑啓志益堅

皆喜《みなよろこ》び　万花《ばんか》も鮮《あざ》やかなり
瑞鳥《ずいちょう》　君《きみ》が家《いえ》に宿《やど》り
吉兆《きっちょう》　周辺《しゅうへん》に及《およ》ぶ
宗族《そうぞく》の歓《かん》　極《きわ》まらず
君《きみ》を迎《むか》えて　祝賀《しゅくが》の筵《えん》
願《なが》わくば　自愛《じあい》し人《ひと》を憶《おも》い
佑啓《ゆうけい》の志《こころざし》　ますます堅《かた》からんことを

五古平声先韻

二人吟

吟友来告吾
巷間有清吟
訪求録音帯
坐聴二人吟
笹川吟詩魂
山元詠詩心
声異心不異
倶吟万古心
不忍止復聴
正是名人吟

二《に》人吟《にんぎん》

吟友《ぎんゆう》来《き》たりて　吾《われ》に告《つ》ぐ
巷間《こうかん》に　清吟《せいぎん》有《あ》りと
訪《たず》ねて　録音帯《ろくおんたい》を求《もと》め
坐《ざ》して　二《に》人吟《にんぎん》を聴《き》く
笹川《ささがわ》は　詩魂《しこん》を吟《ぎん》じ
山元《やまもと》は　詩心《ししん》を詠《えい》ず
声《こえ》は異《こと》なれども　心《こころ》は異《こと》ならず
倶《とも》に吟《ぎん》ず　万古《ばんこ》の心《こころ》
止《や》むるに忍《しの》びず　復《ま》た聴《き》く
正《まさ》に是《これ》　名人《めいじん》の吟《ぎん》なり

五古平声侵韻

学吟心

宗師曰学文学吟
更云守節調詠心
君不聞人能弘道
学吟心固座右箴

吟心《ぎんしん》を学《まな》ぶ

宗師《そうし》曰《いわ》く　文《ふみ》を学《まな》び吟《ぎん》を学《まな》べと
更《さら》に云《い》う　節調《せっちょう》を守《まも》り心《こころ》を詠《えい》じよと
君聞《きみき》かずや　人《ひと》は能《よ》く道《みち》を弘《ひろ》むを
吟心《ぎんしん》を学《まな》ぶは　固《もと》より座右《ざゆう》の箴《しん》

七古平声侵韻

瓢壷

瓢壷珠重好容姿
呼酒団欒転忘疲
梅信鶯声天地好
追香懐古興無涯

瓢壷《ひょうこ》

瓢壷《ひょうこ》は珠《たま》を重《かさ》ねて好容姿《こうようし》
酒《さけ》を呼《よ》び団欒《だんらん》すれば転《うた》た疲《つか》れを忘《わす》る
梅信鶯声《ばいしんおうせい》　天地《てんち》好《よ》し
香《こう》を追《お》い古《いにしえ》を懐《おも》えば　興《たの》しみ涯《かぎ》り無《な》し

七絶平声支韻平起式

遊金剛山

山路追思楠子村
閑吟黙禱弔忠魂
回頭佳景歓声湧
松菊清香笑語温

金剛山《こんごうさん》に遊《あそ》ぶ

山路《やまじ》に追思《ついし》す　楠子《なんし》の村《むら》を
閑吟黙禱《かんぎんもくとう》して　忠魂《ちゅうこん》を弔《とむら》う
頭《こうべ》を回《めぐ》らせば　佳景《かけい》に　歓声湧《かんせいわ》き
松菊《しょうぎく》の清香《せいこう》に　笑語《しょうご》　温《あたた》かなり

七絶平声元韻仄起式

瑞夢之君

迎夏会君是何縁
酌酒堪痒独酔眠
君去我喜之如夢
養痾不癒与誰憐
誰知掻痒無情苦
嗚呼癢痾是誰愆

瑞《みず》夢《む》之《し》君《くん》

夏《なつ》を迎《むか》え君《きみ》に会《あ》う　是《これ》何《なん》の縁《えん》ぞ
酒《さけ》を酌《く》み痒《かゆ》さに堪《た》えて　独《ひと》り酔眠《すいみん》す
君《きみ》去《さ》るは我《わ》が喜《よろこ》び　之《これ》夢《ゆめ》の如《ごと》し
痾《あ》を養《やしな》えども癒《い》えず　誰《だれ》とともに憐《あわ》れまん
誰《だれ》か知《し》らん　掻痒《そうよう》　無情《むじょう》の苦《くる》しみなるを
嗚《あ》呼《あ》　癢《よう》痾《あ》　是《これ》誰《だれ》の愆《あやま》ちぞや

七古平声先韻

偶成

花開蹊作列
花落道無声
唯見鶯呼客
茅庵乳燕鳴

偶成《ぐうせい》

花《はな》開《ひら》けば　蹊《みち》　列《れつ》を作《な》し
花《はな》落《お》つれば　道《みち》に声《こえ》なし
唯《ただ》見《み》る　鶯《うぐいす》　客《きゃく》を呼《よ》び
茅庵《ぼうあん》に　乳燕《にゅうえん》鳴《な》くを

五絶平声庚韻平起式

阪神淡路大震災

阪淡激震倒架橋
家壊而燃多外逃
死者六千傷四万
悲惨無声夜寥寥
避難凌寒百余万
思子思親幾辛労
志願者官員事人
災如我事不惜労
願携手更含笑交
立志見山意気高

阪神淡路大震災《はんしんあわじだいしんさい》

阪淡激震《はんたんげきしん》　架橋《かきょう》を倒《たお》し
家壊《いえこわ》れて燃《も》え　多《おお》く外《そと》に逃《に》げる
死者六千《ししゃろくせん》　傷四万《しょうよんまん》
悲惨《ひさん》　声《こえ》なく　夜寥寥《よるりょうりょう》
難《なん》を避《さ》け寒《さむ》さを凌《しの》ぐ百余万《ひゃくよまん》
子《こ》を思《おも》い親《おや》を思《おも》いて幾辛労《いくしんろう》
志願者《しがんしゃ》　官員《かんいん》　人《ひと》に事《つか》え
災《わざわ》い我《わ》が事《こと》の如《ごと》く　労《ろう》を惜《お》しまず
願《ねが》わくは　手《て》を携《たずさ》え更《さら》に笑《え》みを含《ふく》みて交《まじ》わり
志《こころざし》を立《た》て山《やま》を見《み》て　意気高《いきたか》められんことを

七古平声蕭豪韻

晩楽桜花

載酒遊桜苑
映杯爛漫花
逍遙春如海
吟歩興無涯
湖上夜光静
公園満座譁
問芳花不語
美景酔帰遐

晩《くれ》に桜花《おうか》を楽《たの》しむ

酒《さけ》を載《の》せて　桜苑《おうえん》に遊《あそ》ぶ
杯《さかずき》に映《えい》ず　爛漫《らんまん》の花《はな》
逍遙《しょうよう》すれば　春《はる》　海《うみ》の如《ごと》く
吟歩《ぎんぽ》すれば　興《たのしみ》　涯《かぎ》り無《な》し
湖上《こじょう》の夜光《やこう》　静《しず》かにして
公園《こうえん》の満座《まんざ》　譁《かまびす》し
芳《ほう》を問《と》えども　花《はな》　語《かた》らず
美景《びけい》に　酔帰《すいき》　遐《はる》かなり

五律平声麻韻仄起式

与内遊白兎海岸

飛燕蟬声八月陽
童謡古伝暑氛忘
緑陰深處鶯頻語
蒼海白沙神話郷

内《つま》と白兎《はくと》海岸《かいがん》に遊《あそ》ぶ

飛燕蟬声《ひえんせんせい》　八月《はちがつ》の陽《ひ》
童謡古伝《どうようこでん》　暑氛忘《しょふんわす》る
緑陰深《りょくいんふか》き處《ところ》　鶯《うぐいす》　頻《しき》りに語《かた》る
蒼海白沙《そうかいはくさ》　神話《しんわ》の郷《さと》

七絶平声陽韻仄起式

与内遊鳥取砂丘

蒼海碧空涼意盈
松陰惟聴唱歌声
沙場丘阜天公力
弦月夕陽心更清

内《つま》と鳥取《とっとり》砂丘《さきゅう》に遊《あそ》ぶ

蒼海碧空《そうかいへきくう》に　涼意《りょうい》盈《み》ち
松陰《しょういん》に　惟《ただ》聴《き》く　唱歌《しょうか》の声《こえ》を
沙場《さじょう》の丘阜《きゅうふ》は　天公《てんこう》の力《ちから》
弦月夕陽《げんげつゆうひ》に心《こころ》　更《さら》に清《きよ》し

七絶平声庚韻仄起式

遊近江

盆梅村落聴鶯声
古刹桜花楽太平
忘暑弄波松白岸
晩鐘樹林道心生

近江《おうみ》に遊《あそ》ぶ

盆梅《ぼんばい》の村落《そんらく》に　鶯声《おうせい》を聴《き》き
古刹《こさつ》の桜花《おうか》に　太平《たいへい》を楽《たの》しむ
暑《あつ》さを忘《わす》れ波《なみ》を弄《もてあそ》ぶ　松《まつ》の白岸《しらぎし》
晩鐘《ばんしょう》の樹林《じゅりん》に　道心《どうしん》生《しょう》ず

七絶平声庚韻平起式

遊近江八景

近江八景与妻尋
談笑呼杯淡海潯
温故知新是基本
視今懐古旅人心

近江八景《おうみはっけい》に遊《あそ》ぶ

近江八景《おうみはっけい》　妻《つま》と尋《たず》ね
談笑《だんしょう》し　杯《はい》を呼《よ》ぶ　淡海《たんかい》の潯《ほとり》
温故知新《おんこちしん》　是《こ》れ基本《きほん》
今《いま》を視《み》　古《いにしえ》を懐《おも》う　旅人《たびびと》の心《こころ》

七絶平声侵韻平起式

与内遊近江八景

湖上優雅浮御堂
落雁悠悠堅田郷
欲得慧食一休餅
拝阿弥陀世塵忘
祈唐崎神社禊祓
食團子蘿蔔満悦
霊松美景画難成
夜雨境内映灯傑
雄松白汀素波揚
〓霰楊梅近江香

内《つま》と近江八景に遊《あそ》ぶ

湖上《こじょう》に　優雅《ゆうが》な　浮御堂《うきみどう》
落雁《らくがん》　悠悠《ゆうゆう》　堅田《かたた》の郷《さと》
慧《ちえ》を得《え》んと欲《ほっ》して　一休餅《いっきゅうもち》を食《しょく》し
阿弥陀《あみだ》に拝《おが》みて　世塵《せじん》忘《わす》る
唐崎神社《からさきじんじゃ》に祈《いの》りて　禊祓《けいふつ》し
團子《だんご》蘿蔔《だいこん》を食《しょく》し　満悦《まんえつ》す
霊松《れいしょう》の美景《びけい》　画《えが》けども成《な》り難《がた》く
夜雨《やう》の境内《けいだい》　灯《ひ》に映《えい》じて傑《けっ》なり
雄松《おまつ》の白汀《はくてい》に　素波《しらなみ》揚《あが》り
〓《かきもち》　霰《あられ》　楊梅《ようばい》に　近江《おうみ》の香《かお》り

蓬萊釈迦武奈列
比良暮雪凛寒光
楽美人諷刺仏画
嗜豆腐衣餈蕎麦
三井晩鐘感安寧
林間逍遙幽勝極
粟津渚公園鳥飄
想像旧晴嵐逍遙
食八景点心行厨
名歌名篇高吟謡
考究環境矢橋巷

蓬萊《ほうらい》　釈迦《しゃか》　武奈《ぶな》　列《つら》なり
比良《ひら》の暮雪《ぼせつ》　寒光《かんこう》に凛《りん》たり
美人《びじん》　諷刺《ふうし》　仏画《ぶつが》を　楽《たの》しみ
豆腐衣《ゆば》　餈《もち》　蕎麦《そば》を　嗜《たし》なむ
三井《みい》の晩鐘《ばんしょう》に　安寧《あんねい》を感《かん》じ
林間逍遙《りんかんしょうよう》すれば　幽勝《ゆうしょう》の極《きわ》みなり
粟津《あわづ》　渚公園《なぎさこうえん》に　鳥《とり》飄《ひるがえ》り
旧《ふる》い晴嵐《せいらん》を想像《そうぞう》し　逍遙《しょうよう》す
八景点心《はっけいがし》　行厨《べんとう》を食《しょく》し
名歌名篇《めいかめいへん》　高《たか》らかに吟謡《ぎんよう》す
環境《かんきょう》を考究《こうきゅう》す　矢橋《やばせ》の巷《ちまた》

優美帰帆遠浦夢
佳景忘帰暫尽歓
琴瑟相和景福降
清流瀬田唐橋横
蜈蚣伝説笑語声
雲行鳥飛艀任水
漣漪輝映夕照汀
石山境内厳勝景
秀月絃歌式部影
洗心願千手観音
随樹陰逍心自静

優美《ゆうび》な帰帆《きはん》に　遠浦《えんぽ》の夢《ゆめ》
佳景《かけい》に帰《かえ》るを忘《わす》れ　暫《しばら》く歓《かん》を尽《つ》くす
琴瑟相和《きんしつあいわ》すれば　景福降《けいふくふ》らん
清流《せいりゅう》に　瀬田《せた》の唐橋横《からはしよこ》たわり
蜈蚣《むかで》の伝説《でんせつ》に　笑語《しょうご》の声《こえ》
雲行《くもゆ》き　鳥飛《とりと》び　艀水《ふねみず》に任《まか》し
漣漪《さざなみ》　輝映《きらめきえい》ず　夕照《せきしょう》の汀《みぎわ》
石山《いしやま》の境内《けいだい》　厳《おごそか》にして勝景《しょうけい》なり
秀月《しゅうげつ》　絃歌《げんか》に　式部《しきぶ》の影《かげ》
洗心《せんしん》し　千手観音《せんじゅかんのん》に願《ねが》い
樹陰《じゅいん》に随《したが》いて逍《しょう》すれば　心自《こころおの》ずから静《しず》かなり

七古平声陽入声物屑平声陽入声陌職
平声蕭去声絳送絳平声庚青上声梗韻

吾近江

日本丹田存淡海
恰似桃源常楽在
春東逢梅桜嘉祥
夏西訪山渚清涼
秋南呼酒賞月菊
冬北囲炉見雪霜
山紫水明人情爽
五穀豊穣近江郷

吾《わ》が近江《おうみ》

日本《にっぽん》の丹田《たんでん》に　淡海《おうみ》存《あ》り
恰《あたか》も桃源《とうげん》に似《に》て　常《つね》に楽《たの》しみ在《あ》り
春東《はるひがし》に　梅《うめ》と桜《さくら》に逢《あ》い　嘉祥《かしょう》なり
夏西《なつにし》に　山《やま》と渚《なぎさ》を訪《たず》ね　清涼《せいりょう》なり
秋南《あきみなみ》に　酒《さけ》を呼《よ》び　月《つき》と菊《きく》を賞《しょう》し
冬北《ふゆきた》に　炉《ろ》を囲《かこ》み　雪《ゆき》と霜《しも》を見《み》る
山紫水明《さんしすいめい》　人情爽《にんじょうさわ》やかに
五穀豊穣《ごこくほうじょう》なるは　近江《おうみ》の郷《さと》

七古上声賄韻平声陽韻

彦根八景

仰彦根城憶昔人
佐和山落日涙新
白雲征雁芹川欅
碧水扁舟石寺浜
千千松原吟興湧
中山道景喜心伸
荒神山夢京橋上
祈願洗心望易真

彦根《ひこね》八景《はっけい》

彦根城《ひこねじょう》を仰《あお》ぎて　昔人《せきじん》を憶《おも》い
佐和山《さわやま》の落日《らくじつ》に　涙《なんだ》新《あら》たなり
白雲《はくうん》　征雁《せいがん》　芹川《せりかわ》の欅《けやき》
碧水《へきすい》　扁舟《へんしゅう》　石寺《いしでら》の浜《はま》
千千《ちぢ》の松原《まつばら》に　吟興《ぎんきょう》湧《わ》き
中山道《なかせんどう》の景《けい》に　喜心《きしん》伸《の》ぶ
荒神山《こうじんやま》　夢京橋《ゆめきょうばし》に　上《あ》がり
祈願洗心《きがんせんしん》すれば　望《のぞ》み真《しん》なり易《やす》し

七律平声真韻仄起式

与学思登霊峰伊吹山

伊吹峻坂汗如漿
与学攀登意気揚
天上回頭風気爽
頂辺信歩万花香
林叢処処流鶯賑
花苑飄飄胡蝶忙
父子山行疑是夢
歓談踏破喜洋洋

学思《さとし》と霊峰《れいほう》伊吹山《いぶきさん》に登《のぼ》る

伊吹《いぶき》　峻坂《しゅんぱん》にして　汗漿《あせしょう》の如《ごと》し
学《がく》と攀《よ》じ登《のぼ》りて　意気《いき》揚《あが》る
天上《てんじょう》に頭《こうべ》を回《めぐ》らせば　風気《ふうき》爽《さわ》やかに
頂辺《ちょうへん》に歩《ほ》を信《まか》せれば　万花《ばんか》香《かんば》し
林叢処処《りんそうしょしょ》に　流鶯《りゅうおう》賑《にぎ》やかにして
花苑《かえん》飄飄《ひょうひょう》として　胡蝶《こちょう》忙《いそが》し
父子《ふし》の山行《さんこう》　疑《うたが》う是《こ》れ夢《ゆめ》かと
歓談《かんだん》　踏破《とうは》して　喜《よろこ》び洋洋《ようよう》たり

七律平声陽韻平起式

於富士宮与内看富嶽

風暖雨晴花笑辰
尋芳終日路青人
碧天富嶽桜雲列
桃李流鶯絵麗春

富士宮《ふじみや》に内《つま》と富嶽《ふがく》を看《み》る

風《かぜ》暖《あたた》かく　雨《あめ》晴《は》れ　花《はな》笑《わら》う辰《とき》
芳《ほう》を尋《たず》ね　終日《しゅうじつ》路青《ろせい》の人《ひと》
碧天《へきてん》富嶽《ふがく》　桜雲《おううん》列《つら》なり
桃李《とうり》流鶯《りゅうおう》　麗春《れいしゅん》を絵《えが》く

七絶平声真韻仄起式

過知覧特攻平和会館

男児為国碧空翔
誠烈忠純長不忘
惜別遺書民族涙
英魂安母観音堂

知覧《ちらん》特攻《とっこう》平和《へいわ》会館《かいかん》を過《す》ぐ

男児《だんじ》　国《くに》の為《ため》に　碧空《へきくう》に翔《と》ぶ
誠烈忠純《せいれつちゅうじゅん》　長《とこしな》へに忘《わす》れず
惜別《せきべつ》の遺書《いしょ》に　民族《みんぞく》の涙《なんだ》
英魂《えいこん》　安《やす》らかに　母《はは》と　観音堂《かんのんどう》に

七絶平声陽韻平起式

特攻花

海岸黄花映白沙
島民皆道特攻花
傾機落種無言別
遺粒星移祖国花

特攻《とっこう》の花《はな》

海岸《かいがん》の黄花《こうか》　白沙《はくさ》に映《えい》ず
島民《とうみん》皆《みな》道《い》う　特攻《とっこう》の花《はな》と
機《き》を傾《かたむ》け　種《しゅ》を落《お》とし　無言《むごん》の別《わか》れ
遺粒《いりゅう》　星移《ほしうつ》りて　祖国《そこく》の花《はな》となる

七絶平声麻韻仄起式

貴船滝

石蹊攀来立渓辺
風冷吹襟静似禅
仰見貴船如墨戯
眼前幽勝奈何伝

貴船《きぶね》の滝《たき》

石蹊《せっけい》　攀《よ》じ来《きた》りて　渓辺《けいへん》に立《た》てば
風《かぜ》冷《つめ》たく　襟《えり》を吹《ふ》いて　静《しず》かなること禅《ぜん》に似《に》たり
仰《あお》ぎ見《み》れば　貴船《きぶね》　墨戯《ぼくぎ》の如《ごと》し
眼前《がんぜん》の　幽勝《ゆうしょう》　奈何《いか》に伝《つた》えん

七絶平声先韻平起式

夫婦滝

淙琤緑蔭小橋辺
蛙鳥渓流気爽然
寒暖雨晴相愛久
夫妻琴瑟眼前鮮

夫婦《めおと》の滝《たき》

淙琤《そうそう》　緑蔭《りょくいん》　小橋《こばし》の辺《へん》
蛙鳥《あちょう》　渓流《けいりゅう》に　気《き》爽然《そうぜん》たり
寒暖《かんだん》　雨晴《うせい》にも　相愛《そうあい》　久《ひさ》し
夫婦《めおと》の　琴瑟《きんしつ》　眼前《がんぜん》に　鮮《あざやか》なり

七絶平声先韻平起式

与内遊江蘇

寒山拾得想古鐘
蒸暑楓橋小船通
試剣千人闔閭伝
虎丘斜塔懐悟空
拙政見池山楼美
見山澄観蓮葉中
花窓法帖留園宝
壮麗園中衆所崇
為親明潘豫園造
大假龍壁曲逕通
探勝旨嘉吾人楽
初見江蘇喜無窮

内《つま》と江蘇《こうそ》に遊《あそ》ぶ

寒山《かんざん》 拾得《じっとく》に　古鐘《こしょう》を想《おも》い
蒸暑《じょうしょ》の　楓橋《ふうきょう》に　小船《こぶね》通《とお》る
試剣《しけん》　千人《せんにん》　闔閭《こうりょ》の伝《つた》え
虎丘《こきゅう》の　斜塔《しゃとう》に　悟空《ごくう》を懐《おも》う
拙政《せっせい》に　池山楼《ちざんろう》の美《び》を見《み》
見山《けんざん》　澄観《ちょうかん》　蓮葉《れんよう》の中《なか》
花窓《かそう》　法帖《ほうちょう》　留園《りゅうえん》の宝《たから》
壮麗《そうれい》なる　園中《えんちゅう》　衆《みな》の崇《たっと》ぶ所《ところ》
親《おや》の為《ため》に　明《みん》の潘《はん》は　豫園《よえん》を造《つく》る
大假《たいか》　龍壁《りゅうへき》　曲逕通《きょくけいつう》ず
探勝《たんしょう》　旨嘉《しか》　吾人《ごじん》の楽《たの》しみ
初《はじ》めて見《み》る　江蘇《こうそ》に　喜《よろこ》び窮《きわ》まり無《な》し

七古平声冬東韻

吟楓橋夜泊

探勝寒山寺
鼓鐘遊子情
蘇州風景好
閒詠酒杯傾

楓橋夜泊《ふうきょうやはく》を吟《ぎん》ず

寒山寺《かんざんじ》を　探勝《たんしょう》し
鐘《かね》を鼓《う》つは　遊子《ゆうし》の情《じょう》
蘇州《そしゅう》　風景《ふうけい》好《よ》く
閒《しず》かに詠《えい》じて　酒杯《しゅはい》傾《かたむ》く

五絶平声庚韻仄起式

吟江南春

牧看寺賦詩
我看寺無詞
人変山不変
懐古詠夫詩

江南《こうなん》の春《はる》を吟《ぎん》ず

牧《ぼく》は　寺《てら》を看《み》て　詩《し》を賦《つく》る
我《われ》は　寺《てら》を看《み》れども　詞無《ことばな》し
人《ひと》は変《か》われど　山変《やまか》わらず
古《いにしえ》を懐《おも》いて　夫《か》の詩《し》を詠《えい》ず

五古平声支韻

聴吾詩之吟詠、有感

吟友詠吾詩
鶯声盈己耳
吟魂溢我心
尽日無涯喜

吾《わ》が詩《し》の吟詠《ぎんえい》を聴《き》きて、感《かん》有《あ》り

吟友《ぎんゆう》 吾《わ》が詩《し》を詠《えい》ず
鶯声《おうせい》 己《わ》が耳《みみ》に盈《み》ち
吟魂《ぎんこん》 我《わ》が心《こころ》に溢《あふ》る
尽日《じんじつ》 無涯《むがい》の喜《よろこ》びなり

五絶上声紙韻仄起式

談笑

成長子女楽無疆
家族団欒笑満堂
夫婦行程無所誨
瀬田茅舎是吾郷

談笑《だんしょう》

成長《せいちょう》する　子女《しじょ》に　楽《たの》しみ疆《かぎ》り無《な》く
家族《かぞく》　団欒《だんらん》すれば　笑《わら》い堂《どう》に満《み》つ
夫婦《ふうふ》の　行程《こうてい》　誨《おし》える所無《ところな》く
瀬田《せた》の　茅舎《ぼうしゃ》　是《こ》れ吾《わ》が　郷《ふるさと》

七絶平声陽韻平起式

楽希夷

吾家愛犬楽希夷
起坐悠容品格宜
早共交歓揚手別
宵飛声迓興無涯

楽希夷《らっきい》

吾家《わがや》の愛犬《あいけん》　楽希夷《らっきい》
起坐《きざ》　悠容《ゆうよう》として　品格宜《ひんかくよろ》し
早《つと》に共《とも》に交歓《こうかん》し　手《て》を揚《あ》げて別《わか》れれば
宵《よい》に声《こえ》を飛《と》ばして迓《むか》え興《たの》しみ涯《かぎ》り無《な》し

七絶平声支韻平起式

喜理恵子進大学

努力恵風芳信来
難関理義奈難摧
学先立志子知否
宜思花魁冒雪開

理《り》恵《え》子《こ》大学《だいがく》に進《すす》むを喜《よろこ》ぶ

努力《どりょく》すれば　恵風《けいふう》に芳信《ほうしん》来《き》たり
難関《なんかん》の理義《りぎ》に　摧《くだ》き難《がた》きを奈《いか》んせん
学《まな》ぶには立志《りっし》を先《さき》にす　子《し》知《し》るや否《いな》や
宜《よろ》しく思《おも》うべし　花魁《かかい》　雪《ゆき》を冒《おか》して開《ひら》くことを

七絶平声灰韻仄起式

喜学思進大学

東大青春感激多
前途勉学備如何
不思理法難修業
願望健康知徳磨

学思《さとし》大学《だいがく》に進《すす》むを喜《よろこ》ぶ

東大《とうだい》の青春《せいしゅん》に　感激多《かんげきおお》かれども
前途《ぜんと》の勉学《べんがく》に　備《そな》えを如何《いかん》せん
理法《りほう》を思《おも》わざれば　業《ぎょう》を修《おさ》め難《がた》し
願望《がんぼう》す　健康《けんこう》　知徳《ちとく》を磨《みが》くことを

七絶平声歌韻仄起式

喜学海進高校

吾家息海発芳梅
修習洛星吹夢来
学業浮沈存立志
磨知徳体大観開

学海高校《たかみこうこう》に進《すす》むを喜《よろこ》ぶ

吾《わ》が家《や》の息《むすこ》　海《かい》に芳梅《ほうばい》　発《ひら》き
修習《しゅうしゅう》の洛星《らくせい》　夢《ゆめ》を吹《ふ》いて来《き》たる
学業《がくぎょう》の浮沈《ふちん》は　立志《りっし》に存《そん》す
知徳体《ちとくたい》を磨《みが》けば　大観《たいかん》開《ひら》かれん

七絶平声灰韻平起式

喜学海進大学

進東大海喜無辺
本郷駒場叡知泉
計在晨春常少悔
願心身健学群賢

学海大学《たかみだいがく》に進《すす》むを喜《よろこ》ぶ

東大《とうだい》に進《すす》みて　海《かい》　喜《よろこ》び無辺《むへん》
本郷駒場《ほんごうこまば》　叡知《えいち》の泉《いずみ》
計《けい》　晨春《しんしゅん》に在《あ》れば　常《つね》に悔少《かいすく》なし
願《ねが》わくは　心身健《しんしんすこ》やかに　群賢《ぐんけん》に学《まな》ばんことを

七古平声先韻

父《おやじ》の漢詩《うた》

――漢詩《うた》覚え書き――

おんしゅうかい　はじめ（七古青韻）

詩吟の基本は読み方（発声）と調べ（音程）で、私が学んでいる詩吟朗詠錦城会錦城流では、漢詩十数首からなる吟詠教本を通して習得していきます。

教本の最初の詩、石川丈山作「富士山」ですと、起句「仙《せん》　各《かく》　来《きたり》　遊《あそぶ》　雲《うん》　外《がいの》　巓《いただき》」の黒字のルビを読み、ルビの横に赤で記載された調べの記号通りに音程をとります。文字に表わすとこんな感じです。「せんかくーウーウ　きたりあそぶウーウウ　うんがいのーオ　オオオオオーオーオオ　いただきー　イイイーイイ」このカタカナの部分は赤字の音程をとったものです。

学び始める前、詩吟に関する知識は「鞭声　粛々　ベンセイー　シュクシュクー（題不識庵撃機山図　瀬山陽）」を、テレビ・ラジオで聞き覚えていたくらいでしたので、この黒字の読みと赤字の音程を覚えるのに苦労しました。理解したつもりでも実際の吟となると音痴も甚だしく、家族には「不堪聴」と言われる始末でした。

教本一編を約一年かけて学び、今は十二編を学ぶに至っていますが、黒字（読み）と赤字（音程）の意味するところの難しさは増すばかりです。

おんしゅうかい　かん（五古侵韻）

錦城流では、吟詠の発表の場として、本部、支部別に記念大会が開催されます。また、吟の到達度に応じて「初伝、中伝、奥伝、雅号、皆伝、準総伝、準師範、師範」が与えられます。

日頃の練習成果が発表される場は私にとって大変勉強になり、特に会場での諸先輩の吟じ方、吟ずる姿勢などはお手本になります。

おんしゅうかい　れい（五古元韻）

開催される各種発表会は所属する会員により運営され、会員全員が総務・受付・懇親会・舞台・会場の係等役割を担います。

私の役割であった舞台の設営では、途中手を止め吟に聞き入ることが多々ありました。吟じられる方々のすばらしさに心奪われたのです。もちろん任務をおろそかにしたわけではありません。

おんしゅうかい　しょしん（七絶真韻）

　麗らかな春の日差しに誘われて木々の間から「ホーホケキョ」の声が聞こえます。この美しい鶯声をきくと春を感じます。つい二、三ケ月前の寒い時には「チャッ、チャッ」と鳴いていたのに、あっという間にきれいな「ホーホケキョ」。鶯はすばらしい才能の持ち主だなと思います。

　それにひきかえ吾が吟は、三年もたつのに相変わらず「不堪聴」の域にとどまっています。

「学べども研鑽すれど不堪聴、明日を夢見て今日の一吟」

しゃだんほうじんしぎんぎんろうえいきんじょうかいいしやましぶそうりつじゅっしゅうねんをがす（七古侵嘯号真元韻）

石山支部会員は、比叡比良伊吹の山々・桜・菊などを見ながら、錦城流の吟を学んでいます。その石山支部が平成五年に創立十周年をむかえることになり、それを祝って作成しました。その際、晏子春秋の「為者常成、行者常至（為す者は常に成り、行く者は常に至る）」をお借りしました。

よろこび（五古灰賄紙韻）

平成五年十二月十二日に開催された石山支部創立十周年記念大会に、全国各地から多くの師範の方々が来られ、吟と舞を演じられました。来られた方々による吟と舞での「声、姿」はともにすばらしく、古人の心を見聞きしているようでした。

うのそうすけせんせいくんいっとうきょくじつとうかだいじゅしょうをうくるをがす（五古先韻）

詩吟朗詠錦城会錦城流の顧問であられた宇野宗佑先生が平成六年四月に勲一等旭日桐花大綬章を受章されました。そのお祝いに作成しました。

平成十年五月十九日に亡くなられました。

ご冥福をお祈りいたします。

合掌

ににんぎん（五古侵韻）

吟友の紹介により「吟詠入門」のテープを入手しました。A面は笹川鎮江先生、B面は流祖山元錦城先生の吟詠でした。「入門」とは名ばかりの素晴らしい吟詠であり、世代の異なるお二人の大先生の吟は、何度お聞きしても素晴らしいです。

ぎんしんをまなぶ（七古侵韻）

「吟心を学べ」とよく言われます。吟心は辞典には「詩歌を創る心もち、うたごころ」とあります。詩を吟ずるには、まず吟ずる詩歌がどのような環境（背景）のもとに作成されたかを理解し、ついで詩歌につけられた調べがどのような音程であるかをつかみ、それらをまとめて吟じなければなりません。

このように背景、調べをつかむということがそのまま吟に反映するため、その部分についての勉強は欠かせません。『詩経』にも「詩者志之所之也。在心為志。発言為詩（詩は志の之く所なり、心に有りて志と為り、言に発して詩と為る）」とあり、『論語』には「人能弘道、非道弘人也（人は能く道を弘む、道が人を弘むに非ざるなり）」とあります。上手く出来るかわかりませんが、取り組んでみようとの気持ちです。

ひょうこ（七絶支韻）

石山支部創立記念大会の開催後の反省会で支部会員お手製の大会記念品であった瓢箪の余り物を抽選会でひきあてました。

何気なく、頂いた記念の瓢箪を見ていると、自然に笑が出て楽しくなります。瓢箪はユーモラスでいいですね。見ていて飽きがこない。

こんごうさんにあそぶ（七絶元韻）

大阪平野の南部と奈良盆地の南部を分ける金剛・葛城山地の主峰、金剛山（海抜一一二五メートル）に登りました。南北朝期に後醍醐天皇を支持した楠木正成の山城である千早城があり、ここは彼が鎌倉幕府五万の大軍を相手にわずか千人の兵力で藁人形などの奇策を用いて、百日間籠ったとされている場所です。北南西の三方が谷に切れ落ちた地形が外からの攻撃に有効であったようです。

楠木正成の「敵は百万騎、味方は僅かに一千人」の歯切れのよい言葉を思い出しつつ登りました。

金剛山登山者は多く、山頂には千回登山者が表示されていました。近鉄あるいは南海を利用すれば楽にいけるため、大阪近郊からは親しみやすい山です。

みずむしくん（七古先韻）

「アー、足が痒いな」と思って見ると、足の指の間が白く見える。やっぱり…。ついに友になったか…、しかし感慨に浸る間もない、痒いの何の。

根が不精なせいか、「薬の塗布→痒み軽減→安心→塗布の怠り→痒み再発」を繰り返すばかり。一定期間は消えたかにみえる症状も、気を緩めるとぶり返す。「友（敵）は手強いぞ」と思い、再度足指間に布・ガーゼなどを入れ空間を作り、清潔をはかると、再発はほぼ防止できるのだが…。

「みずむし」は、なぜあれほど「痒く」、掻くとなぜあれほど「せいせい」するのだろう。「せいせい感」が友である「みずむしくん」からの贈り物であり、誘惑なのだろうか。

騙されまい、友であろうと「みずむしくん」から別れなければならぬ。足の指を清潔にし、再来をこばんでいる日々である。

ぐうせい（五絶庚韻）

散歩の途中で、あばらやとおぼしき軒下の巣や薮、小高い木々の間から、燕や鶯の姿や声を見聞きすることがあります。鳥は外観・貧富・権力に無頓着に行動しているように見え、物質的にも精神的にも満たされているのかなと思います。人と鳥は異なる価値観を有することを感じ、于濆作「感事」、広瀬旭荘作「遊桜祠」を参考にまとめました。

はんしんあわじだいしんさい（七古蕭豪韻）

痛ましい限りです。亡くなられた方々のご冥福をお祈りいたします。　合掌

一九九五年一月十七日の阪神大震災の被害は、人的被害、死者六四三三人、行方不明者三人、負傷者四万三七九二人、住宅被害、全壊十万四九〇六棟、十八万六一七五世帯、半壊十四万四二七四棟、二七万四一八一世帯だそうです。

一般紙によると被災者生活再建支援方が成立したが、全半壊した世帯のうちの約九〇・二％が支援金の支給を受けられなかったことから、同法の見直し作業が始められており、被災者支援金のための共済制度案、公費負担法案の検討、防災の面から各種の検討がなされ、遅々とした面もあるが改善の方向にあるとのことです。

今世紀前半での直下型地震、海溝型地震の発生が心配される今、それらの課題・矛盾点は早い時期に解消されてほしいものだと思います。

くれにおうかをたのしむ（五律麻韻）

ビール・酒・あてなどを持ち寄り、友と公園で花見としゃれこみました。花見はあっ

という間に花より団子、お定まりの飲み会になってしまいました。

「花看半開、酒飲微酔（花は半開を看、酒は微酔に飲む）」（菜根譚）はなんと難しいことか。あきらめの境地です。微酔のつもりだったのですが…。


つまとはくとかいがんにあそぶ（七絶陽韻）

「大黒さまと因幡の白うさぎ」の神話で有名であり、鳥取砂丘とともに日本の渚百選に選ばれている白兎海岸は、JR鳥取駅からバスで約三〇分の距離にある「白兎」停留所の眼下に見えます。砂丘は綺麗で、訪ねたときには数多くの家族連れや若者が海水浴を楽しんでおり、沖には白兎が渡ったとされる淤岐の島、ワニの背のような海食棚が見えました。

一方、童謡「大黒さま」のメロディーに誘われ山側の参道に入り、木々の奥から「ホーホケキョ」の声をききつつ神話の世界にひたりながら進むと、白兎が大国主命の命に従い身を洗ったという不増不滅の池のある白兎神社につきました。

白兎神社の歴史を感じ、古来病気傷疾に霊験あらたかな神様、白兎神に健康を祈願しました。

つまととっとりさきゅうにあそぶ（七絶庚韻）

妻と山陰旅行と称して訪れた白兎海岸、鳥取砂丘、小天橋では天候にめぐまれ、とても素晴らしい景色を目にすることができました。鳥取砂丘では、小さな一粒一粒の砂が集まって大きな砂丘となっている姿を初めて見、長靴を借りて実際に砂丘を歩いてみると人間の小ささと自然の力強さ大きさがよくわかりました。

砂が絶壁のようにそそりたつ箇所もあり、よくもまあこのようにつくれたものと自然の力の凄さには驚きました。

おうみにあそぶ（七絶庚韻）

滋賀県には名所旧跡が数多くあり、春夏秋冬・東西南北、いつどこでも楽しめます。しかも、古代琵琶湖の湖底であったとされる近江盆地からとれる近江米は美味しく、名所旧跡にまつわる出来事やその当時の琵琶湖に思いをはせながら様々な場所で美味しい食事をいただくと幸せな気分に浸れます。

おうみはっけいにあそぶ（七絶侵韻）

広重の「近江八景」には「石山の秋月」は、紫式部が源氏物語の構想を練ったとも言われる東寺真言宗大本山石山寺と満月が描かれています。石山寺には天然記念物の硅灰岩が露出しており、岩の上に立つ多宝堂は圧巻であります。また山を登るとそこからは瀬田川の流れを見ることが出来、四季折々の色合いを楽しむことが出来ます。

つまとおうみはっけいにあそぶ（七古陽物屑陽陌職蕭絳送絳庚青梗韻）

近江八景とは、「瀬田の夕照」「石山の秋月」「粟津の晴嵐」「三井の晩鐘」「唐崎の夜雨」「比良の暮雪」「堅田の落雁」「矢橋の帰帆」などの琵琶湖南湖の景勝地です。室町時代の僧たちが中国洞庭湖の瀟湘八景にちなんで選んでいたものを、後陽成天皇が決めたといわれています。

多くの詩歌や絵画にも表わされましたが、安藤広重の『近江八景』によって全国的に有名になりました。地元ではありますが全てを訪れる機会が無く、平成十二年秋に滋賀県観光キャンペーンで「近江八景スタンプラリー」が催されたのを契機に訪ねることにしました。

妻とともに銘菓名品を賞味し、湖面を彩る「現代」の八景の美しさ・雄大さを感じると共に古人に思いを馳せ、雅な気持ちになれたのはとても貴重なひと時でした。

わがおうみ（七古賄陽韻）

近江の各地を妻と共に散策してみました。すると、日頃気づかなかった名所旧跡、自然を数多く見つけることが出来ました。さらに食事も酒も美味しい。温泉に入りつつ、静かな湖とそこに流れ込む川を眺め、遠くには比叡の山並みが連なる…、しぜんとお酒が一杯一杯とすすみます。気持ちだけは李太白なのです。

日頃見落としがちな地元の素晴らしさを詩に表わしてみたものです。

ひこねはっけい（七律真韻）

彦根八景は一九九六年市民によって選ばれた湖東に位置する観光地です。「松原・佐和山・彦根城・夢京橋キャッスルロード・芹川堤欅道・石寺・多景島・荒神山・中山道」が「八景」にあたります。

これらの土地を妻と訪ねました。どれも歴史を偲ばせる素晴らしい場所でした。機会があれば是非お訪ね下さい。

さとしとれいほういぶきさんにのぼる（七律陽韻）

霊峰伊吹山は滋賀県北東部にあり、近畿最高峰（海抜一三七七メートル）で日本百名山の一つにも数えられています。その姿は、夏は登山、冬はスキーと一年を通して多くの人に楽しまれています。湖面に映るさかさ伊吹山は格別です。

その伊吹山へ息子、学思と登りました。日頃の運動不足から私は五合目まではリフトで登りましたが、すぐに息が上がってしまい汗だくです。汗が白くなりつつ八合目にたどり着いたころ、リフトを使わず登山口から登ってきた息子に追いつかれ、抜かれてしまいました。小休止を繰り返しつつもなんとか最後には這うようにして頂上にたどり着くことができました。

頂上から見る、木々・花々・田・空・雲の景色は最高で、至福の時でした。

ふじのみやにつまとふがくをみる（七絶真韻）

滋賀から東京まで「青春18きっぷ」で往復してみました。鈍行を乗り継いで片道約一〇時間程度、さすがに苦痛に感じるところもありましたが、乗客の話し言葉が徐々に変わっていくさまは面白く、窓の外に拡がる景色も変化に富んでいて楽しめました。

途中、富士宮駅では天候に恵まれ碧空を背景に、手前には桜が咲いている富士山を見ることが出来ました。とても綺麗で堂々とした姿に旅の疲れが飛んでしまうかのようでした。やはり富士はいいものです。

ところで東京へ向かう上り列車に乗っていると海岸に沿って走っているにもかかわらず進行方向の右手に富士が見える場所があります。ご存知でしょうか？

ちらんとっこうへいわかいかんをすぐ（七絶陽韻）

若者を死なせてはならない　という気持ちを新たにします。

合掌

とっこうのはな（七絶麻韻）

沖縄の慶良間（けらま）島では、春になると海岸一体に黄色い花が咲きほこり、地元の人はその花を「特攻花」と呼び、とても大事にされているそうです。太平洋戦争の末期に知覧基地を飛び立った特攻兵士が、敵艦突入直前に最後に通過する日本の島の上空でポケットから落とした種が根づき、人知れず咲いている遺花だからだそうです。

この「特攻花」の由来を、輿石豊伸先生からお聞きし、まとめたものです。

きぶねのたき（七絶先韻）

貴船滝は、「日本の滝一〇〇選」の一つに挙げられている「八ッ淵の滝」のうちの一つ、貴船ヶ淵にかかる大滝です。「八ッ淵の滝」は比良山系最高峰である武奈ヶ岳北東に端を発する鴨川源流にかかり、ふもとのガリバー村というところから上っていくと順に、魚止の淵・障子ヶ淵・唐戸の淵・大摺鉢・小摺鉢・屏風ヶ淵・貴船ヶ淵・七遍返し淵と続きます。

途中、中級者向けの鎖を握りながら岩を登り降りするような道もあり、一時は断念しようかと思いましたが、角を曲がると突如として現れるそれぞれに個性的な美しい滝を見てなんとか頑張ることが出来ました。もちろん足腰は大変で、日頃の運動不足を悔みつつ、後日数日に渡って筋肉痛でうめかされました。

目的の貴船ヶ淵に近づくにつれ道の両側は崖になり日の光が照らず、崖にはところどころから木々が生えており、まさに水墨画の世界でした。そんな中、滝を目指し歩いていくと自然と厳かな気分になるものです。

実際の貴船ヶ淵は水量豊かな気高き存在感を放つ素晴らしい滝でした。水音が轟くにもかかわらず静寂な雰囲気がありました。

めおとのたき（七絶先韻）

夫婦滝は比良山系の白滝山山頂付近にあります。訪れたときはびわ湖バレイからゴンドラで山頂まで上がり、リフトで打見山、蓬萊山を巡りました。その途中、雷のためリフトが止まり、白谷平のリフト小屋に一時間ほど避難するというハプニング付きでした。自然には逆らえないものです。

雷がおさまった後、夫婦滝ハイキングコースに歩を進めました。先ほどの雨で足元は滑りがちで、随所で小川が氾濫し土色に水が濁っていました。街中では見ないような大きな蛙が侵入者に驚いて慌てて跳び回る姿が面白くもありました。そんな中、足元に注意しながら進むと目的の「夫婦滝」に着きました。滝は水の濁りをものともせず真っ白に二筋並行に美しく流れ落ちていて、何かがあっても動じないような「琴瑟相和」を見せつけられたように思いました。

つまとこうそにあそぶ（七古冬東韻）

日中国交正常化三十周年にあたる平成十四年六月、夫婦で「上海・蘇州観光」に行きました。

上海では「商場」と呼ばれるデパートやホテルが集合したエリアや「老街」と呼ばれる古い街並みなど様々な場所を歩きました。工場・住宅などが建設ラッシュで資材運搬車が行き交う一方、道路や公園は清掃がゆきとどいており、働く人々の表情も明るく気持ちのいいものでした。夜は本場の雑技を見ました。上海の夜景が素晴らしかったです。

食事の方は蘇州・四川・広東の各料理をおいしく頂きました。

訪れた場所の紹介を少し。

寒山寺は日本では森鷗外の寒山・拾得や張継の詩で有名ですが、意外なことに中国では日本ほど有名でないそうです。

虎丘は中国の「ピサの斜塔」とでもいいましょうか、十五度くらい北へ傾いています。もうもたないという噂が現地では常にささやかれているそうです。今のうちに見に行かないと見れなくなるかもしれません。

留園・拙政園はそれぞれ蘇州四大名園の一つとされ両者共に世界遺産に指定されています。

豫園は親孝行のために造られたそうですが、完成までに十九年を要してしまい、親には十分楽しんで貰えず、かわりに中国人民が十分に楽しんでいるようです。

自由行動のとき淮海路の書店に行き、観光記念にと「児童普及版・唐詩三百首」と「児童啓蒙版・宋詞三百首」を入手しました。詩・詞ごとにローマ字表示の発音、内容をあらわす絵と中国語の大意が付されており、中国語入門書として使えるかなと思ったのですが早計でした。辞書のお世話にならずにはいられません。

国交正常化三十年という記念すべきこの年に中国を観光できたことは、漢詩・詩吟を学ぶ者として大きな喜びでした。

ふうきょうやはくをぎんず（五絶庚韻）

中国江蘇を観光旅行し、その一行程で寒山寺を訪ねた際、近くにある楓橋で、約千二百五十年前の冬に思いをはせ、温隆俊作曲の「楓橋夜泊」も蒸し熱い夏に汗をかきつつ「ユエ（月）ロゥオ（落）ウ（烏）ティ（啼）…」と口ずさみました。

こうなんのはるをぎんず（五古支韻）

江南の一地域を旅行した際、約千百五十年前の麗らかな春を思い、欧陽理作曲の「江南春」も「ちィエン（千）り（里）イん（鶯）てィ（啼）…」と口ずさんでみました。観光の途中に見渡すと中国とはとても平坦で広く、約東京大阪間（五六〇キロ）にあたる唐代の千里は見渡せそうで鶯の声も聞こえそうでした。

わがしのぎんえいをききて、かんあり（五絶紙韻）

平成十年七月に開催された「石山支部十五周年記念大会」で、自作の「初心」・「彦根八景」・「問君」を会員の方々に吟じていただきました。「初心」は入門時の思い、「彦根八景」は八景の情景、「問君」は詩吟の喜びを詠った詩なのですが、吟を聞いていると詩を作成した当時の事が懐かしく思い出されました。と同時に、皆様により楽しんでもらえるような詩を作るべく日々の研鑽を積んでいこうという思いを新たにしました。

だんしょう（七絶陽韻）

　大坂から近江の勢多へ移り住んで早二十年、三人の子に恵まれましたが、光陰矢の如しで気付くと子供達も大学生・社会人へと成長しました。子供達の成長に一喜一憂しつつも一堂に会し、笑声・話し声に包まれた空間は非常に愉快なものです。これから子供達もそれぞれの人生を歩んでいくのでしょうが、談笑の思い出と大切さを覚えておいて欲しいものです。

らっきい（七絶支韻）

　ラッキーは一九九九年夏に他界しました。
　ラッキーとのたくさんの思い出は家族みんなにあり、これからもその思い出を大事にしていきたいと思います。

合掌

学海

りえこだいがくにすすむをよろこぶ（七絶灰韻）

大学は、大阪と京都の境、交通の便の悪いところにある。家から約一時間半もかかり、最寄りの駅から、心臓破りの坂が十五分ほど続く。その坂を登りきったところにこじんまりとある。入学当初、思い描いていた学生生活とは異なり戸惑った。例えば、講義棟は山の斜面を生かして建てられており、A棟↓B棟へ同じ階を移動しても五階↓四階に移動しており、慣れないうちは地図を片手に教室移動をくりかえしていた。そして、小規模校（全学生二千五百人程度）ゆえ、同学年の人の顔はほぼ覚えられるため、自分が休んでいても代返は誰かが勝手にやっていてくれ、助かることが多かった。

大学生活において一番大事な遊びであるが、校外への手段は自分の足だけであり、最初どうしたらよいか戸惑っていたが、車をもった友人がおり、授業の空き時間や授業後も、次第に充実するようになった（大学周辺には何もなく、市内へは車で出なければならないため）。確かに、他の大学生と比べると地味な感じだが、素朴で親しみやすい学風を今でも気に入っている。

今年（平成十一年）に卒業するが、この大学での四年間は十分に価値あるものであった。
卒業式には両親にぜひ出席してもらい、すこしでもここでの学生生活がわかってもらえたらと思う。校内の緑化率もまずまずなので、もう一詩できるかも。

理恵子

さとしだいがくにすすむをよろこぶ（七絶歌韻）

読んでもわかる通りこの詩は僕が大学に入学したことを祝って詠まれたものである。父が詩吟を習い初め、漢詩を作り始めてからもう何年もたつ。終末には近くの山の中で独り吟じている父は、一日中テレビの前でステテコ姿でのびている一般的日本人の父親像よりは静かで害がなく理想的である(ほめている)。今では、たまたま警備中の警察官を前に山中で鑑賞会を開くまでになったらしいが、公務執行妨害でつかまりそうで怖い。警官の方もおつかれさま。

また、僕が高校生だった頃、もう使わない漢文の教科書を嬉しそうに抱えていく父の後ろ姿が可愛かった。そのわりには漢文のことで質問しても頭を抱えて悩んでいた父がさらに可愛かったことを覚えている。

そんな可愛い父が愛情を込めて作ってくれた詩であるが、父の願う通りにはならなかったようである。僕の大学生活はさながら、

東大青春感激多　東大の青春に感激多かれども
前途遊学備如何　前途の遊学に備えを如何せん
不出席難修単位　出席せざれば単位を修め難く
願望不落第開花　願望す落第せずして開花することを

となってしまっているからである。

こんな息子はあてにならないので、期待せず、これからも漢詩と詩吟を楽しんで、もっともっと可愛くなっていって下さい。

学思

たかみこうこうにすすむをよろこぶ（七絶灰韻）

洛星高校は、詩にもあるとおり、知育・徳育・体育を教育の基本とし、校則は厳しく運営されなく、生徒の意思を重視した自由な学校と言われています。このことが、僕がこの学校に入学したいと思った理由です。しかし、入学してみると、現実はそう甘くなく、高校生活は他の学校と大差ないものだと実感しています。

ただ洛星の特色としては、キリスト教の学校だけに、ミサ、クリスマスタブローなどの宗教関係の行事が多いことです。ただこれは、もっぱら形式だけのものであり、キリスト教の信者である生徒もそうでない生徒も参加します。

三年になるとやはり、進学校だけに受験を意識しだし、勉学オンリーになります。しかし、自由な校風、あるいはとりくみの甘さが災いしてかその半数以上は浪人し、世の中のきびしさを知ることになります。このような学校に、一時間かけて通っている僕ですが、この先どうなることやら。

学海

たかみだいがくにすすむをよろこぶ（七古先韻）

はれて二〇〇二年四月に東大に入学することになりましたが、時間がたつのは早くてもうすぐ一年が経ちます。東大に入って思ったことは、当然かもしれないけど真面目な人が多いということです。そして、いい意味でも悪い意味でも個性的な学生が多く、楽しく過ごしています。大学生活はどうかというと、一般的な大学生と同様に大学ではあんまり勉強するわけでもなく、仲のいい友達と遊んだり、サークル活動したり、バイトに専念したりして過ごしてきました。まあ大学の単位もおそらく無難に取れているだろうし（シケプリ制度に感謝）、一、二年目くらいはゆっくりしようかなと思っていますが（……気づいたら四年間ゆっくりしっぱなしだったりして）。大学生の間は時間もたっぷり余っており、自分のしたいことを色々と挑戦できる時期なので有効活用したいなと思っています（あくまで願望）。というわけで四年間（留年しなければ）楽しい日々を過ごしたいです。

学海

あとがき

藤元　春海

サラリーマン生活が十五年ほど経過したころ肝臓を病み、食事療法や適度な運動を日々心がけていました。そして発声は健康にいいだろうということで、しが社会保険センターで詩吟を習うことにしました。習う漢詩は目新しい上に難解で、少しでもわかるように辞書を片手に様々な漢詩を読みました。そうしているうちに漢詩作成に興味をもち挑戦する気になりました。

まず、学生時代に読んだ「大学、中庸、論語、孟子」を読み直し作詞のルールを学んだ上で、日頃心に感じたことをまとめることにしました。

その際は

詩旨曰　眼前景致口頭語（菜根譚）

を目標にしました。

詩吟、子供の成長、旅行、社会状況、一家団欒と、まとめた漢詩も五十篇を超えた今、漢詩作成への喜びと共に歳月を重ね、精神的に成長し、人としての「丸み」が出てきたかなあと思っています。今後も、漢詩の理解を深めそれを吟詠に反映できるように邁進していきたいと思います。

以前、三十篇を越えたころに輿石豊伸先生のお世話になり「父の漢詩」としてまとめることができました。そしてこの度、㈱文芸社の松尾光芳様、中山泰時様にお世話になり「父の漢詩－漢詩旅情－」として再度まとめることができました。ここに改めまして、皆様方に感謝申し上げます。

私事ですが、混沌とした時代と思われる二十一世紀に生きる子供達には「人には、精神的にも肉体的にも健康・遊び・勉学が必要であり、三者のバランスのとれた人は人間としての大きな心をもつ」ということを頭の片隅におき、自己中心的な安易な方向に流れずに、社会の一員としての責務をはたすように行動してもらえたらと思います。

最後に、縁あって人生を共に旅することになり、私の健康に気を使い、子供達を成人にまで育て、定年後の今は国内外の旅に楽しく付き合ってくれている妻ケイ子に感謝の意を表したい。

平成十五年三月吉日

著者プロフィール
藤元 春海（ふじもと はるみ）
1942年生まれ
東京教育大学理学部数学科卒
滋賀県在住

父《おやじ》の漢詩《うた》－漢詩旅情－

2003年５月15日　初版第１刷発行

著　者　藤元 春海
発行者　瓜谷 綱延
発行所　株式会社文芸社
〒160-0022　東京都新宿区新宿１－10－１
電話　03-5369-3060（編集）
03-5369-2299（販売）
振替　00190-8-728265

印刷所　図書印刷株式会社

ISBN4-8355-5418-3 C0092